AF495781

NAISSANCE

ET

BAPTÈME

PARIS

IMPRIMERIE DE J. CLAYE

7 RUE SAINT-BENOIT 7

S. A. IMPÉRIALE

MONSEIGNEUR

NAPOLÉON

EUGÈNE-LOUIS-JEAN-JOSEPH

PRINCE IMPÉRIAL

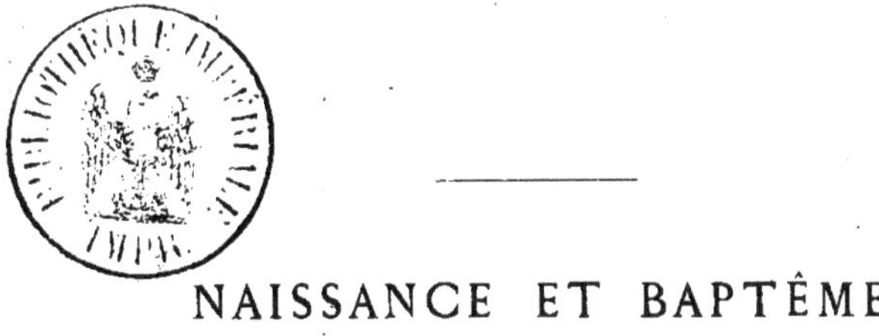

NAISSANCE ET BAPTÊME

XVI MARS — XIV JUIN
M DCCC LVI

PARIS

L. CURMER, LIBRAIRE

47 RUE DE RICHELIEU 47

1857

NATIVITÉ

Théophile Gautier

NATIVITÉ

16 MARS, MIDI

Au vieux palais des Tuileries,
Chargé déjà d'un grand destin,
Parmi le luxe et les féeries
Un Enfant est né ce matin.

Aux premiers rayons de l'aurore,
Dans les rougeurs de l'Orient,
Quand la ville dormait encore,
Il est venu, frais et riant,

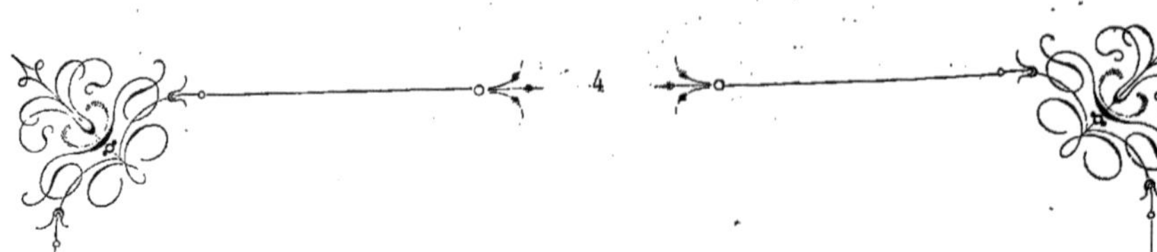

Faisant oublier à sa mère
Les croix de la maternité,
Et réalisant la chimère
Du pouvoir et de la beauté.

Les cloches à pleines volées
Chantent aux quatre points du ciel.
Joyeusement leurs voix ailées
Disent aux vents : Noël, noël!

Et le canon des Invalides,
Tonnerre mêlé de rayons,
Fait partout aux foules avides
Compter ses détonations.

Au bruit du fracas insolite
Qui fait trembler son piédestal,
S'émeut le glorieux stylite
Sur son bronze monumental.

Les aigles du socle s'agitent,
Essayant de prendre leur vol,
Et leurs ailes d'airain palpitent
Comme au jour de Sébastopol.

Mais ce n'est pas une victoire
Que chantent cloches et canons :
Sur l'Arc de Triomphe, l'Histoire
Ne sait plus où graver des noms !

C'est un Jésus à tête blonde
Qui porte en sa petite main,
Pour globe bleu la paix du monde,
Et le bonheur du genre humain.

Sa crèche est faite en bois de rose,
Ses rideaux sont couleur d'azur,
Paisible en sa conque il repose,
Car : « Fluctuat nec mergitur. »

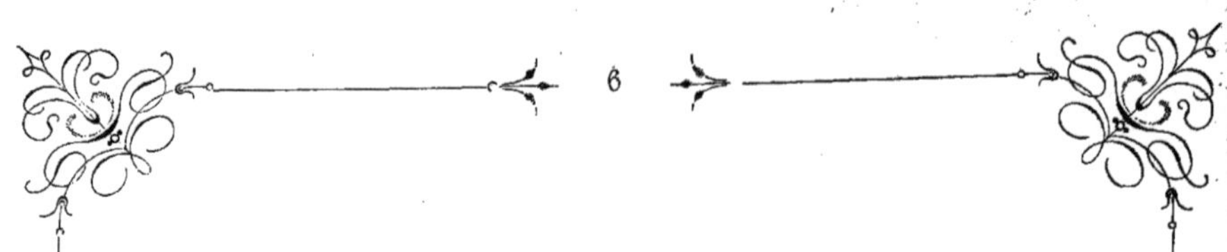

Sur lui la France étend son aile;
A son nouveau-né, pour berceau,
Délicatesse maternelle,
Paris a prêté son vaisseau.

Qu'un bonheur fidèle accompagne
L'Enfant impérial qui dort,
Blanc comme les jasmins d'Espagne,
Blond comme les abeilles d'or!

Oh! quel avenir magnifique
Pour son enfant a préparé
Le Napoléon pacifique,
Par le vœu du peuple sacré!

Jamais les discordes civiles
N'y feront, pour des plans confus,
Sur l'inégal pavé des villes
Des canons sonner les affûts.

Car la France, Reine avouée
Parmi les peuples, a repris
Le nom de « France la louée, »
Que lui donnaient les vieux écrits.

Futur César, quelles merveilles
Surprendront tes yeux éblouis,
Que cherchaient en vain dans leurs veilles
François, Henri-Quatre et Louis !

A ton premier regard, le Louvre,
Profil toujours inachevé,
En perspective se découvre;
Tu verras ce qu'on a rêvé !

Paris, l'égal des Babylones,
Dentelant le manteau des cieux
De dômes, de tours, de pylônes,
Entassement prodigieux,

Au centre d'une roue immense
De chemins de fer rayonnants,
Où tout finit et tout commence,
Mecque des peuples bourdonnants !

Civilisation géante,
Oh ! quels miracles tu feras
Dans la cité toujours béante,
Avec l'acier de tes cent bras !

Isis, laissant lever ses voiles,
N'aura plus de secrets pour nous ;
La Paix, au front cerclé d'étoiles,
Bercera l'Art sur ses genoux ;

L'Ignorance, aux longues oreilles,
Bouchant ses yeux pour ne pas voir,
Devant ces splendeurs non pareilles
Se verra réduite à savoir ;

Et Toi, dans l'immensité sombre,

Avec un respect filial,

Au milieu des soleils sans nombre

Cherche au ciel l'astre impérial;

Suis bien le sillon qu'il te marque,

Et vogue, fort de souvenir,

Dans ton berceau devenu barque

Sur l'océan de l'avenir!

NAPOLÉON IV

Barthélemy

NAPOLÉON-QUATRE

> Alors, moi dont l'ardeur n'est jamais ralentie,
> Prophétique Blondel de votre dynastie,
> Je viendrai, pour signer avec mon humble sceau,
> Jeter un nouveau chant sur ce premier berceau.
>
> *Une Impératrice*, par Barthélemy.

Entendez-vous? L'air tremble et la terre tressaille!
Est-ce le « Te Deum » d'une grande bataille?
Est-ce un nouvel écho de l'Orient lointain?
Ce foudre officiel, qui tonne si matin,

Proclame-t-il encore une date imprimée
Au règistre de gloire ouvert pour la Crimée?
Que nous annonce-t-il, ce canon triomphant?
Quelle faveur du sort nous visite? Un Enfant.
Un Enfant! Écoutons!... La salve continue;
Ses coups précipités jaillissent dans la nue;
Pour la centième fois l'atmosphère a frémi.
Ah! nos vœux ne sont pas exaucés à demi;
Dans son pressentiment le peuple était prophète.
Illuminons nos murs du pavé jusqu'au faîte!
C'est celui que la France appelait à genoux :
Un Fils pour l'Empereur, un empereur pour nous.

Au bruit de cette volée
Le vieil Empereur géant,
Du fond de son mausolée
S'est levé sur son séant :
Il voit au front de sa race
Le doigt du destin qui trace
Un indélébile sceau,

Et lentement il retombe
Dans sa triomphale tombe,
Consolé par un berceau.

Ainsi l'Aigle retrouve un aiglon dans son aire !
Ainsi, bien que rompu par cent coups de tonnerre,
L'impérial chaînon, qui commença par lui,
Sur un nouvel anneau se déroule aujourd'hui !
Des révolutions telle est la loi féconde :
Quand un ordre nouveau hors du passé se fonde,
Quand les flots soulevés se roulent en avant,
Quand les peuples fiévreux courent en poursuivant
Des horizons lointains qui n'ont plus de barrière,
Alors, le bras levé, Dieu repousse en arrière
Les rois qui se traînaient un bâton à la main ;
Alors des conducteurs qui savent le chemin,
Des étendards vivants que l'orage déroule,
Des chefs de dynastie, acclamés par la foule,
Montent à la hauteur des temps que nous créons :
C'est l'heure des Césars et des Napoléons.

Salut, enfant de l'Empire !

Avant de combler l'espoir

Du peuple aimant qui soupire

Après l'instant de te voir,

Souris à ta mère blonde

Qui te contemple et t'inonde

De sa splendide beauté ;

Souris au père idolâtre

Qui t'a construit un théâtre

Digne de ta royauté.

Tu comprendras plus tard quelle France il t'a faite :

Vois comme elle t'accueille en ses habits de fête,

Dans Paris, constellé de monuments nouveaux,

De temples, de palais, de Louvres sans rivaux ;

Elle a refait pour toi les merveilles lointaines,

Les splendeurs, que sema Périclès dans Athènes,

Celles que Rome, autour de son vieux Panthéon,

Vit s'élever depuis Titus jusqu'à Léon.

Elle t'accueille au bruit des grandes découvertes,

De ces routes de flamme, incessamment ouvertes.

Qui vont associer à ses nouveaux destins

Des cieux, que la clarté n'avait jamais atteints.

Elle t'accueille au sein des fortes alliances,

Fière d'avoir éteint les vieilles méfiances,

Fière, après un long deuil, d'avoir repris le rang

Où l'avait fait asseoir Napoléon le Grand.

Elle t'accueille honorée,

Tant sa stature a grandi,

Par l'Europe hyperborée,

L'Orient et le Midi;

Mais, juste non moins que forte,

Sans oublier qu'elle porte

Un glaive à ses flancs nerveux,

A deux fois elle y regarde

Avant d'en toucher la garde,

Et de dire : Je le veux!

Elle t'accueille, au cri de son aigle, échauffée

Par son vol sur l'Asie et son dernier trophée;

Sous un dais de drapeaux, de pavillons marins,

Porté par des soldats, tes glorieux parrains;

Entre ses généraux, bronzés par la Tauride;

Couronnant de lauriers son front qui se déride,

Depuis qu'un jour plus doux arrive à l'Occident,

Et tenant sous sa main l'épée et le trident.

Oui, voilà ce qu'un jour tes yeux pourront connaître,

Et ce que tu connus même avant que de naître,

Car ta mère sentit que tu heurtais son sein

A chacun de ces jours, d'héroïque tocsin,

Où la voix du canon hurlait une victoire,

Et lorsque, revenus des bords de la mer Noire,

Devant elle passaient tant de forts bataillons,

En haussant leurs drapeaux, magnifiques haillons.

Voilà comment la patrie

S'offre à tes premiers regards,

Vivante par l'industrie,

Par la guerre, par les arts;

Après trois ans de ce règne,

Dressant plus haut son enseigne

Entre tous les combattants,

Et roulant dans une sphère

Plus vaste, que n'ont pu faire

Trois règnes et quarante ans.

Enfant! tu verras naître un avenir immense

Des sillons créateurs que ce règne ensemence;

La seconde moitié de ce siècle qui fuit

Sera l'étonnement du monde reconstruit.

Tout se transformera dans l'ensemble des choses;

La France, dominant tant d'œuvres grandioses,

Au chaos féodal, débris cyclopéen,

Imposera ses mœurs, son code européen.

Alors se déploîront aux conquêtes humaines

Les champs de l'inconnu, mystérieux domaines;

Peuples et nations, désunis six mille ans,

Concentreront leurs vœux, leurs forces, leurs élans,

Pour monter, pour atteindre à l'idéale orbite,

Au tourbillon de feu que le Progrès habite,

Cercle sans bords, qui trouve en tout point son milieu,

Spirale qui se perd dans l'abîme de Dieu.

Alors, du pôle antarctique

Jusqu'aux glaces de Baffin,

Dans la sphère politique

La paix n'aura plus de fin;

C'est dans cette nouvelle ère

Que ton sceptre populaire

Sera doux à soutenir,

Prince! ta première aurore

Est le rayon qui colore

Ce gigantesque avenir.

Nous en goûtons déjà les heureuses prémices :

La guerre a suspendu ses sanglants sacrifices,

Et, quoique une vapeur nous la dérobe encor,

La rayonnante paix, portant le rameau d'or,

Est descendue enfin de la nue éclaircie,

Pour souffler sa parole à la diplomatie,

Aux cinq modérateurs, dont le bras souverain

Déchaîne la tempête ou fait le jour serein.

A la cause du peuple ils ouvrent leur prétoire;

Après un an de deuils où chacun prit sa gloire,

Au nom du genre humain dont ils sont les élus,

Dans nos murs solennels, arbitres absolus,

Ils siégent en conseil, ils sont là pour résoudre

Un problème traîné dans le sang et la poudre,

Pour pondérer leurs droits et faire, en les réglant,

Un axe plus solide au monde chancelant.

C'est la Russie encor ferme

Sous ses débris de remparts;

C'est l'Angleterre qui ferme

La gueule à ses léopards;

C'est le sultan de Byzance;

L'Autriche, dont la présence

Vaut tout le peuple germain;

Et la France qui se montre,

Dans cette grande rencontre,

Une balance à la main.

Jamais Prince en naissant n'obtint de tels présages;

Jamais, jusqu'à nos jours depuis les premiers âges,

Un berceau n'avait vu ce concours de grandeurs.

On dirait que ces rois, que ces ambassadeurs,

Convoqués tout à coup par des signaux étranges,

Viennent pour saluer un enfant dans ses langes,

Comme un médiateur candide et gracieux

Aux peuples de la terre accordé par les cieux.

Eh! sans doute, il faut croire à cette concordance;

Ce n'est pas le hasard, non, c'est la Providence

Qui de tant de clartés remplit notre horizon;

Il faut croire qu'aux jours de douteuse raison,

Alors que nous suivons des routes obscurcies,

La crise sociale enfante des Messies,

Afin de rallumer, dans un éclat plus beau,

La foi des premiers temps, politique flambeau.

C'est pourquoi les nouveaux mages

De tous les climats connus,

Ceux qui règnent aux rivages

D'où les premiers sont venus;

Celui dont la métropole

Ne voit le soleil du pôle

Qu'entre des brouillards épais,

Accourent de leurs patries,

Conduits vers les Tuileries

Par l'étoile de la paix.

LE

FILS DE L'EMPIRE

L. Belmontet

LE

FILS DE L'EMPIRE

O D E

Oh! que le mois de mars à nos vœux est fidèle!
Comme il aime la France et qu'il est aimé d'elle!
Pour le peuple enchanté c'est la saison du cœur.
Le héros du vingt mars, notre immortel grand homme
Lui dut son fils si beau qui naquit roi de Rome :
C'est un fils que lui doit l'autre Empire vainqueur.

Mille huit cent quatorze, impitoyable année!

Dans un congrès de rois, la France condamnée

Vit choir le grand Empire et son jeune héritier.

Étranges lois du sort. — L'Empire en mars lui-même

Est l'arbitre du monde en un congrès suprême,

Et c'est un fils de lui qu'attend le monde entier.

A toi donc, Poésie, âme des saintes causes,

Toi qui vois et fais voir la majesté des choses,

Dont la voix retentit plus loin que le canon,

A toi, divin flambeau de la pensée humaine,

D'inonder de clarté la route où Dieu nous mène,

De chanter les grandeurs qui viennent du grand nom.

C'est à toi d'illustrer notre ère généreuse.

L'Empire d'aujourd'hui, c'est la patrie heureuse :

Napoléon, c'est nous sous le règne du beau :

C'est le nom devenu le grand nom de la France.

Industrie, arts, honneurs, rien n'est plus en souffrance :

Le héros tout entier n'est plus dans le tombeau.

Il vit dans son neveu : notre orgueil recommence.

Le peuple d'Austerlitz reprend sa vie immense;

La France a secoué trente-six ans de deuil.

Il nous fallait le nom que toute langue nomme :

Pour relever le siècle il a suffi d'un homme;

La résurrection s'est faite en un clin d'œil.

Il faut aux temps nouveaux une race nouvelle,

En qui le peuple règne, en qui Dieu se révèle,

Qui s'empare des cœurs par des faits éclatants.

Pour d'autres intérêts cherchant de nouveaux pôles,

Les révolutions veulent d'autres symboles,

Car toute dynastie est la raison des temps.

La maison de César renfermait les grands germes.

L'empire avait en lui des merveilles sans termes.

Pourquoi la vieille Europe, en armes contre nous,

Brisa-t-elle, oubliant la loi qui fait qu'on marche,

Ce règne au trône d'or, qui du siècle était l'arche,

Que tant de royautés encensaient à genoux?

Pourquoi, lorsqu'en juillet sombra la monarchie,

De ses quinze ans de chute en trois jours affranchie,

La France manqua-t-elle au fils du grand martyr?

Ah! si le Roi de Rome eût vécu de son règne,

Tous ces volcans civils, qu'il faut qu'un peuple craigne,

Auraient, ayant la gloire, oublié de partir!

L'Empire, qui tenait nos discordes esclaves,

Pour mieux les féconder disciplinait nos laves.

Ah! si le Fils de l'Homme eût hérité de lui!...

Que d'aplanissements sur nos routes ardues!

Que de prospérités avec l'aigle perdues!

Le peuple eût été grand comme il l'est aujourd'hui.

On comprend l'avenir à voir ce qui se passe.

Avec Napoléon nous reprenons l'espace;

Notre force vitale échappe aux jours d'erreur.

Dès qu'ils ont leur soleil, les germes poussent vite;

Il faut que la patrie autour des siens gravite :

Pour nous conduire au grand, Dieu veut un Empereur.

Quel bruit fait tressaillir nos champs et nos murailles?

C'est Dieu qui d'Eugénie a béni les entrailles :

Un fils nous est donné; la joie a son flambeau.

C'est un rameau de plus... comme un trait de lumière,

La nouvelle a couru de chaumière en chaumière...

Le grand homme en devient heureux dans son tombeau.

Le nouveau-né du Prince, au calme si stoïque,

Porte au cœur un beau sang doublement héroïque,

Le sang des Bonaparte et le sang des Gusman.

Les canons de la gloire, au seuil des Invalides,

Ont tonné de bonheur sur leurs affûts solides :

La fortune publique y voit son talisman.

La Paix fait à l'enfant un lit sur des trophées;

Autour de son berceau, nos Gloires sont les Fées

Qui d'un cours lumineux vont doter ses destins.

Ses parents donneront au fils-roi d'Eugénie,

La mère ses vertus, le père son génie,

Et le peuple français, ses généreux instincts.

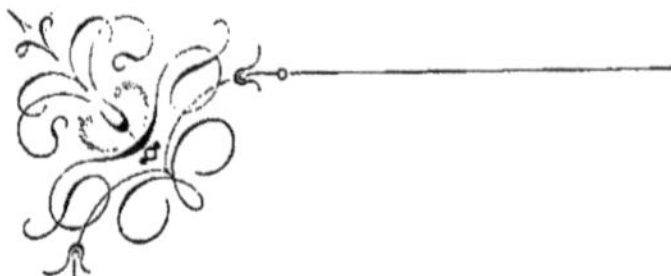

De ses mâles amours le peuple l'environne.

Les croix de nos soldats s'enlacent en couronne

Sur ce front bien venu, tout étoilé d'honneur.

Les premiers bruits pour lui sont de nobles fanfares;

Son beau nom pour le siècle est le plus beau des phares,

Et même sa naissance est déjà le bonheur.

Comme battent nos cœurs, aigles, battez des ailes!

Que vos yeux au pays jettent leurs étincelles.

Drapeaux, inclinez-vous, le peuple est triomphant.

Cet enfant de l'Empire est le sang du grand homme.

Colonne, ébranle-toi sur la place Vendôme,

Le grand règne, à grand bruit, renaît dans un enfant!

Élevons notre joie, en ces jours forts et calmes,

Aussi haut que l'armée a fait monter nos palmes;

Nos jours d'expansion auront des lendemains.

Oui, sur leurs successeurs les trônes se soutiennent.

Autour des sceptres neufs, près des mains qui les tiennent,

Il faut que Dieu lui-même étende d'autres mains.

Si grande qu'elle soit, qu'est-ce qu'une pensée
Que dans un long parcours le sort n'a pas lancée?
Un grand peuple ne croit qu'à ce qu'il voit venir.
C'est la foi qui mûrit les grandeurs à sa flamme,
La foi, soleil de vie, à l'horizon de l'âme,
Et qui, de cœur en cœur, monte vers l'avenir.

Nous l'avons. Aujourd'hui, guerriers ou pacifiques,
Nos jours sont encadrés dans des faits magnifiques.
Poésie, à ce règne ouvre ton Panthéon!
On sait ce que l'Empire a de vigueur profonde,
Et la place qu'il tient dans les destins du monde,
Et tout ce que Dieu met dans un Napoléon!

Mars 1856.

Jam nova progenies cœlo demittitur alto.

VIRGILE. Églogue IV.

H. = H. Bramtot

PETIT-FILS DU GÉNÉRAL GAUSSART
BARON DE L'EMPIRE

« Jam nova progenies cœlo demittitur alto. »

VIRGILE. *Églogue IV*.

Mars encore!... O merveille! ô gloire héréditaire!

Accord mystérieux! fécond anniversaire!...

Mars, tu fêtas jadis l'héritier des Césars,

Et Dieu veut que, fidèle au culte d'un grand homme,

Ton soleil aujourd'hui d'un autre roi de Rome

Éclaire les premiers regards!

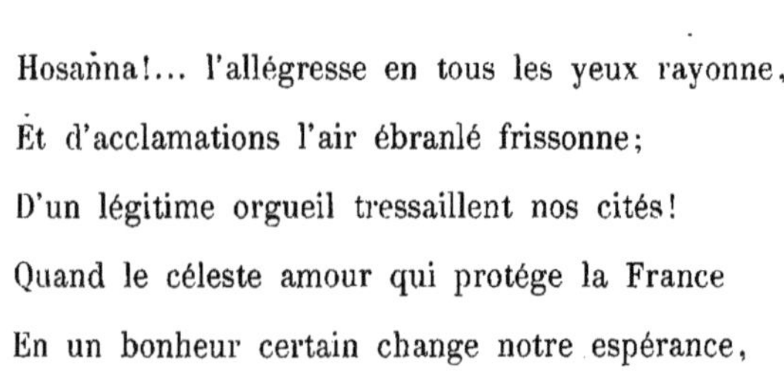

Hosanna!... l'allégresse en tous les yeux rayonne,
Et d'acclamations l'air ébranlé frissonne;
D'un légitime orgueil tressaillent nos cités!
Quand le céleste amour qui protége la France
En un bonheur certain change notre espérance,
    Chantez, ô poëtes, chantez!

Chantez, vous tous à qui le dieu de l'harmonie
A confié la lyre et l'immortel génie;
Prenez vos harpes d'or, Muses aux fiers accents,
Et pour un doux enfant, comme ces vieux rois Mages
A la divine crèche apportant leurs hommages,
    Préparez votre pur encens.

La France et l'Empereur voient s'accomplir leur rêve:
A l'horizon limpide une étoile se lève,
Et son éclat naissant en annonce un plus beau.
Aux cris du nouveau-né que chaque cœur réponde;
L'avenir triomphant de l'Empire et du monde
    Est là, dans un frêle berceau.

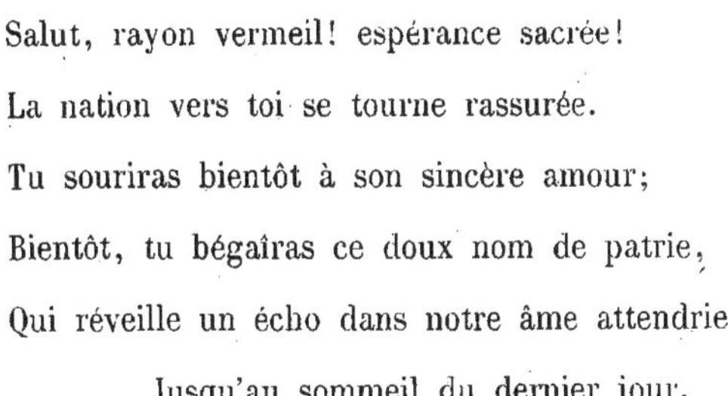

Salut, rayon vermeil! espérance sacrée!
La nation vers toi se tourne rassurée.
Tu souriras bientôt à son sincère amour;
Bientôt, tu bégaîras ce doux nom de patrie,
Qui réveille un écho dans notre âme attendrie
  Jusqu'au sommeil du dernier jour.

Et vous, retentissez, canons des Invalides;
Les grands jours d'autrefois renaissent plus splendides,
Et la France est rendue à son destin vainqueur.
Proclamez-le bien haut, puissantes voix de bronze,
Et, comme au plus beau jour de l'an mil huit cent onze,
  Saluez un fils d'Empereur.

O présages heureux! favorables auspices!
La paix étend sur lui ses ailes protectrices;
Les cris des combattants l'eussent fait tressaillir,
Et l'Europe, abjurant sa récente discorde,
Comme un gage assuré d'amitié, de concorde,
  Voulait dignement l'accueillir.

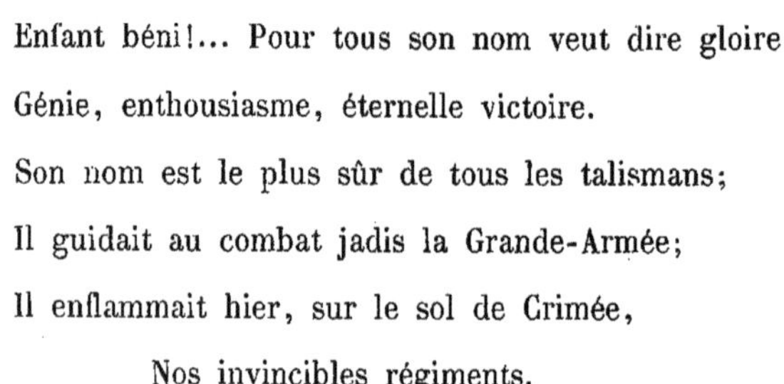

Enfant béni!... Pour tous son nom veut dire gloire,
Génie, enthousiasme, éternelle victoire.
Son nom est le plus sûr de tous les talismans;
Il guidait au combat jadis la Grande-Armée;
Il enflammait hier, sur le sol de Crimée,
  Nos invincibles régiments.

De ce nom radieux, qu'on admire et qu'on aime,
De ce nom, entouré de majesté suprême,
Il saura soutenir le précieux fardeau :
Il suivra, comprenant sa haute destinée,
Et sourd à ce qui rend une âme efféminée,
  La gloire, cet ardent flambeau !

Il aura les instincts sublimes de sa race;
Il se rappellera qu'en ce monde, où tout passe,
Seuls, le grand et le beau triomphent du cercueil.
Comme l'était son oncle, et comme l'est son père,
Le premier dans la paix, le premier dans la guerre,
  De la France il sera l'orgueil!

Du souffle maternel inspiré dès l'enfance,

Il ira chez le pauvre éveiller l'espérance;

De l'artisan qui souffre il séchera les pleurs,

Digne de l'ange aimé, qui d'en haut nous protége,

Et n'envie au pouvoir que le doux privilége

  De guérir toutes les douleurs.

Des triomphes sanglants justement détrompée,

Sa sage ambition ne tirera l'épée

Que pour venger les droits qu'on ne prescrit jamais;

Et, les arts couronnant son front d'une auréole,

Il réalisera cette belle parole :

  « L'Empire est maintenant la paix. »

O vous, Maître divin, dont la main souveraine

Guide éternellement la destinée humaine,

Seigneur, par qui les rois eux-mêmes sont conduits,

De nos cœurs rayonnants ne troublez point la fête,

Et du rameau fragile écartez la tempête;

  Qu'il ait ses fleurs, qu'il ait ses fruits!

Faites, Dieu protecteur, que nul souffle contraire
De cet astre naissant n'éteigne la lumière,
Qu'il brille toujours pur dans un ciel azuré.
Vous devez cet enfant à l'avenir prospère,
Aux splendeurs de sa gloire, aux baisers de sa mère,
    A l'amour d'un peuple enivré.

Oh! répandez sur lui vos trésors de clémence;
Sauvegardez, Seigneur, cet espoir qui commence,
Et du berceau sacré ne vous détournez plus.
C'est la France à genoux, c'est l'heureuse patrie
Qui fait monter vers vous son âme, et qui vous prie
    De veiller sur son Marcellus!

XVI MARS MDCCCLVI

Camille Doucet.

XVI MARS MDCCCLVI

Trois fois, depuis quarante années,
S'est rempli le berceau des rois;
Et trois fois se sont détournées
Les infidèles destinées,
Qui l'avaient salué trois fois.

Pareil au berceau de Moïse,
Sur les flots battu sans espoir,
Toujours une vague insoumise,

Lui fermant la terre promise,
L'emportait sans qu'il pût la voir.

La France, après mille naufrages,
Impatiente de repos,
S'élançait vers tous les rivages,
Souriait à tous les présages,
S'abritait sous tous les drapeaux.

Mais, sans que rien le précipite,
Le travail de Dieu s'accomplit.
Longtemps, sous le vent qui l'irrite,
Le fleuve débordé, s'agite,
Avant de rentrer dans son lit.

Longtemps la Patrie épuisée
A versé ses pleurs et son sang;
Mais de cette sainte rosée,
Sur le sol fécond déposée,
Doit jaillir un germe puissant.

Au choc des luttes intestines,

Le laurier qui nous protégeait

Jadis tomba sous des ruines;

Et, ne voyant pas ses racines,

L'univers se le partageait.

Il a mis trente ans à renaître,

L'arbre tombé, qui semblait mort;

Tandis qu'elle en doutait peut-être,

La France le vit apparaître

Comme son abri le plus fort.

L'avenir était grave et sombre,

Le présent pliait sous ses maux;

Au milieu de périls sans nombre,

Sur elle il étendit son ombre;

Sur elle il étend ses rameaux.

Tout recommence, tout s'achève,

Tout grandit. — Calme désormais,

La Victoire qui se relève
Dépose en souriant son glaive
Sur l'autel béni de la Paix!

La France a reconquis sa place
A la tête des nations;
Elle a vaincu ceux qu'elle embrasse,
Et de son cœur même elle efface
Les fatales ambitions.

La gloire a ses palmes fleuries,
Comme elle a son sanglant laurier;
Réalisant nos rêveries,
L'Art déjà joint aux Tuileries
Le Louvre de François Premier.

Déjà la ville magnifique
S'épanouit de toutes parts,
Égalant en beauté magique,

Égalant en splendeur antique
L'antique Rome des Césars.

Déjà tous les peuples répondent
A son exemple, à son appel;
Ils s'unissent, ils se confondent,
Et, par l'intelligence, ils fondent
Le grand royaume universel!

C'est la fin des heures de doute,
Des folles instabilités;
Plus de périls que l'on redoute;
Plus de berceaux perdus en route,
Plus de trônes déshérités!

— Jeune âme du ciel échappée,
Dors tranquille au bruit du canon;
Il ne rouvre pas l'épopée,
Qu'écrivait avec son épée
Ton fier aïeul Napoléon.

La main puissante qui te garde
Aplanit les flots sous tes pas ;
— Une couronne te regarde ;
— Jeune aiglon, que le ciel retarde
Le jour où tu la porteras !

Dors, Enfant, et que Dieu t'inspire !
— Dormez aussi, mère sans peur :
La France, qui pour vous conspire,
Vous donnait naguère un Empire....
Vous lui donnez un Empereur.

LE

BERCEAU IMPÉRIAL

RÊVERIE

DÉDIÉE

A SA MAJESTÉ L'IMPÉRATRICE EUGÉNIE

Clara Reynard

LE

BERCEAU IMPÉRIAL

Silence!... il dort, et sur sa couche
Scintillante de nacre et d'or,
J'effleure, en me penchant, sa bouche,
Où le sourire flotte encor.
Comme un passereau né la veille,
Mon fils, du Ciel bienfait nouveau,
Repose... : avec orgueil, je veille
Près de l'Impérial berceau.

Semblable à la colombe antique

Portant au bec des rameaux verts,

Cet enfant, au nom sympathique,

Promet le calme à l'univers.

Cet ange, à la lèvre vermeille,

De la paix semble être le sceau :

Avec zèle, quand il sommeille,

Gardons l'Impérial berceau.

Son gracieux aspect m'enivre

D'un charme naguère inconnu ;

Aux plus doux transports je me livre,

En baisant son petit pied nu ;

De mes désirs de souveraine

Il réalise le plus beau,

Et l'amour maternel m'enchaîne

Près de l'Impérial berceau.

A cette place, heureuse et fière,

Pour lui je sonde l'avenir :

J'entends son nom si populaire
Sur son passage retentir.
Radieuse, alors, je soulève
De sa couche l'épais rideau;
Je souris, et reprends mon rêve,
L'œil sur l'Impérial berceau.

Il est venu sur cette terre,
Avec la brise, après l'hiver;
A l'heure où la nature entière,
Se pare de son manteau vert;
A l'heure où la grappe fleurie,
Mollement s'incline sur l'eau,
Et fait monter son ambroisie,
Jusqu'à l'Impérial berceau.

Il est venu, quand vers la France
Marchaient les étendards conquis;
Quand, dans une même alliance,
Allaient s'unir tous les pays;

Quand son père, couvert de gloire,
Peut, avec un noble drapeau,
A son fils, après la victoire,
Faire un Impérial berceau.

Il est venu, quand l'abondance
Va du pauvre assouvir la faim;
Quand sur *la mer Noire* s'avance
Une flotte apportant du pain;
Quand le soldat a de ses armes
Fait dans sa chaumière un faisceau,
Et le peuple essuyant ses larmes
Chante l'Impérial berceau.

ADRESSE

A

S. M. L'IMPÉRATRICE

AU NOM

DES ÉLÈVES DU LYCÉE IMPÉRIAL SAINT-LOUIS

Larocque et Gaultier 

ADRESSE

A S. M. L'IMPÉRATRICE

—◇◇—

Timide et craintive,
Si jusqu'à vous
Notre voix arrive,
Exaucez-nous.

Car notre encens est pur et notre amour sincère;
C'est notre cœur qui parle, et nous ne savons pas
Feindre de faux élans, nous déguiser, et taire
Ce que nous répétons tout bas.

Nous aussi, nous avons palpité d'espérance
Quand le bronze enflammé prêtait sa grande voix,
Sa voix, signal de mort, pour dire la naissance
    D'un Prince, plus grand que cent rois.

Comme nos cœurs vibraient, alors que ce tonnerre,
Dominant tous les bruits de la grande cité,
Que la cloche, ébranlée en sa tour séculaire,
    Annonçaient l'Enfant souhaité!

    Timide et craintive,
    Si jusqu'à vous
    Notre voix arrive,
    Exaucez-nous.

Au nom de ce berceau, doux nid plein d'espérance,
Sur lequel sont fixés les yeux de l'univers,
Que protége toujours l'ange de notre France,
    Planant sur lui du haut des airs;

Au nom de ce bonheur, de cette joie immense,

Dont vous avez senti déborder votre cœur,

En serrant dans vos bras, après tant de souffrance,

    Cet Enfant frais comme une fleur,

Oh! dites un seul 'mot! que quelques jours encore

Nous puissions, délivrés des ennuis, des travaux,

Fêter à notre tour cette brillante aurore,

    Joyeux, au sein d'un gai repos.

Et si quelqu'un de nous, pendant cet heureux temps,

Doit gémir, retenu pour des fautes légères,

Oh! Madame! rendez à de pauvres enfants

    Les baisers si doux de leurs mères.

Et nous, qui grandirons pendant qu'il grandira,

Oui, quel que soit le rang que le hasard nous donne,

Princesse, assurez-vous que chacun aimera

    L'enfant dont le berceau pardonne.

Tous nous vous bénirons, ô douce Souveraine !

Et nous répéterons bien souvent chaque jour

Votre nom, nom si doux, que nulle langue humaine

Ne peut prononcer sans amour.

Timide et craintive,

Si jusqu'à vous

Notre voix arrive,

Exaucez-nous.

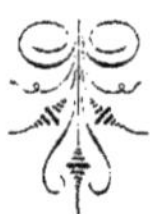

A NAPOLÉON IV

LE

PRINCE IMPÉRIAL

ET LA PAIX

Arbousse-Bastide, pasteur

A NAPOLÉON IV

LE

PRINCE IMPERIAL ET LA PAIX

Pacatumque reget patriis virtutibus orbem.

VIRGILE.

I

Auguste, un jour, ferma les portes de la guerre ;

Dieu dans un coin du ciel déposa son tonnerre ;

L'azur se déchargea d'un nuage étouffant ;

Un sourire divin se posa sur le monde :

C'est qu'aux bords du Jourdain, d'une Vierge féconde,

    Il venait de naître un Enfant.

Près du berceau royal des rois se prosternèrent;

Sur le berceau divin des anges s'inclinèrent;

Et le ciel, pour le voir, roulait son voile épais;

Les anges salaieunt la terre encor bénie,

Et jusqu'aux cieux des cieux montait cette harmonie :

    « Il est le prince de la paix! »

—Près d'un autre berceau, l'espoir d'un grand Empire,

Le monde haletant se rassied et respire;

Auguste ferme encor l'arène des combats;

Le ciel rit à l'Enfant, qui sourit sur sa couche;

Et la Paix, le sacrant d'un baiser sur sa bouche,

    Le montre au monde sur ses bras :

« Vous êtes mien, dit-elle, ô prince héréditaire;

Sur d'assez beaux monceaux de gloire militaire

Votre aïeul, votre père ont fondé ce berceau;

Votre aïeul s'était fait son trône de vingt trônes,

Votre aïeul se jouait des royales couronnes

    Comme l'enfant de son cerceau. —

— Votre père a montré que du chef de sa race

Il savait retrouver la lumineuse trace,

Soutenir son épée, et son sceptre et son nom.

Mais assez de combats; — assez de funérailles;

Sébastopol rasé clot l'ère des batailles :

    La Paix veut son Napoléon.

Vous, mon fils adoptif, né dans des temps prospères,

Héritier du repos que vous ont fait vos pères,

Vous répandrez, non pas du sang, mais des bienfaits.

Votre grand aïeul fut le géant de la guerre;

Moi, de son petit-fils, il me plaira de faire

    Le Napoléon de la paix. »

— Ainsi parla la Paix. Le monde fit silence.

Plus douce que le miel coula son éloquence.

Si douce était sa voix, si doux était son cœur,

Si belle la beauté du bienfaisant Génie

Que tous, en la voyant, croyant voir Eugénie,

    Se prirent au charme vainqueur!

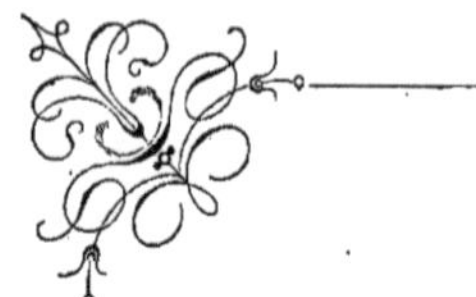

II

Pour accomplir la prophétie,
Courbant le front de la Russie,
Convoquant l'Europe et l'Asie
Près d'un enfant qui vagissait,
La douce Paix dompte la guerre,
Et la voix d'un enfant fait taire
La voix grondante du tonnerre,
Qui bondissait et rugissait.

Oui, l'enfant à peine respire
Que ce fil qui venait de dire :
« C'est un héritier de l'empire! »
Du dôme du même palais,
Court finir sa phrase imparfaite,
Et d'un monde à l'autre il répète :
« Le prince est né! La paix est faite! »
« Ce prince est prince de la paix! »

La double et magique nouvelle
S'attache au fer qui la recèle,
Avec l'électrique étincelle
Elle bondit par l'univers :
Le printemps a repris ses charmes,
La mère oublié ses alarmes,
L'amante a souri dans ses larmes,
Le poëte chante ses vers.

Le prêtre court au sanctuaire
Arracher le drap mortuaire
Où pleurait sa triste prière;
Au lieu de soldats mutilés,
Les vaisseaux, vainqueurs des orages,
Hâtant vers nous leurs arrivages,
Viennent verser sur nos rivages
De l'or, des lauriers et des blés.

L'Industrie, elle aussi, s'apprête
A célébrer la double fête

Du prince né, de la paix faite,

Et, déployant son vaste essor,

Elle va, coupant les frontières,

Traiter tous les peuples en frères,

Et jeter aux deux hémisphères

Ses rails de fer, ses temples d'or.

Et du grand cerveau de la France

L'idée au vol de feu s'élance;

Elle circule, lave immense,

Sur des artères de métal :

Irrésistible souveraine,

Par le monde elle se promène,

Fait, de l'univers, son domaine,

D'un wagon, son char triomphal.

III

Prince, un grand avenir de vous date son ère.

Mais vainement l'esprit dompterait la matière,

Vainement, enivrée aux baisers de la Paix,

La terre arracherait l'aiguillon de ses roses,

Et l'Industrie en vain, dans ses métamorphoses

Prendrait le monde entier pour s'en faire un palais;

Qu'importe? Ce palais sera fragile et vide,

S'il ne devient un temple où Dieu même réside :

O prince de la paix, c'est votre mission.

Quand Dieu vous armera du sceptre de vos pères,

Tenez ferme, au-dessus de toutes les bannières,

Le labarum sacré de la Religion.

Et toi, Maître des rois, toi qui prends et qui donnes

L'obole au mendiant, aux princes leurs couronnes,

Si tu fis pour son front l'impérial fardeau,

En faisant sur ce front couler l'eau du baptême,

Fais couler dans son cœur ce feu, par qui l'on t'aime,

Le baptême d'esprit avec la goutte d'eau.

Qu'il règne glorieux — mais des célestes gloires;

Pacifique vainqueur dans de saintes victoires;

Triomphateur sacré, sur le mal triomphant;

Et, dans l'éternité, fais-lui, pour son partage,

Un trône, au prix duquel son splendide héritage

N'est qu'un brillant jouet, que caresse un enfant!

PAQUE FLEURIE

1856

Paul Diard

PAQUE FLEURIE

1856

Au jour pieux et saint de la Pâque fleurie,

Un enfant est venu, que sa mère chérie

Attendait, qu'avant tout son père l'Empereur

Espérait, et nommait bien haut l'Enfant de France,

Et que tout un pays salue à sa naissance

Comme un présage de bonheur.

Oui, salut mille fois, salut tête innocente!
Enfant, tu ne sais pas dans quelle longue attente,
Un grand peuple a compté ces heures de la nuit,
Où ton âme a passé du ciel sur notre terre,
Douce étoile, inondant déjà de sa lumière,
      Et qui ne sait pas qu'elle luit!

Tu ne sais pas, charmante et frêle créature,
Autour de ton berceau tout ce que l'on murmure
D'espérances, d'amour et de rêves sans pleurs,
Tendres bourdonnements, doux comme une rosée,
Dont ta mère s'enivre, et se sent reposée
      Au lendemain de ses douleurs!

Tu ne sais pas quel nom plane autour de ta couche,
Enfant! ce nom magique errant, de bouche en bouche,
Dans ce siècle a tout fait renaître parmi nous;
C'est le nom de la France heureuse et triomphante,
Que nos pères vainqueurs, d'une voix émouvante
      Nous apprenaient sur leurs genoux.

Tu ne sais pas non plus, enfant, quel héritage
Dieu dépose en tes mains, et quel brillant partage
De splendeurs, de génie et d'immortalité,
Ce même Dieu, qui fait et défait un Empire,
Pour mettre le triomphe à côté du martyre,
    Te réserve dans sa bonté!

Enfin, tu ne sais pas, doux ange sans parole,
Que ton front à nos yeux est ceint d'une auréole;
Tu ne sais pas qu'aimer et bénir ton berceau,
Et faire des souhaits pour ta jeune couronne,
C'est venger..... c'est charmer en lui rendant son trône
    Une ombre immortelle au tombeau!

Plus tard, tu le sauras! En attendant, sommeille,
Et grandis doucement, tête blonde et vermeille!
Enfant Impérial, ta mère auprès de toi
Représente la France, et la France qui t'aime,
La France, qui te veut un riche diadème,
    La France te donne sa foi!

Le jour où tu sauras ce que vaut la Patrie,

Quand les respects d'un Peuple et son idolâtrie

D'un transport inconnu feront battre ton cœur,

Redouble tes baisers sur le front de ta mère,

Et dis avec orgueil : « J'imiterai mon père,

Pour être votre Élu, Seigneur!! »

LES

JEUNES MÈRES

DU 16 MARS

Evarista Thévenot

FEMME LEFEBVRE

LES JEUNES MÈRES

DU 16 MARS

Au pied des saints autels, courbons-nous à genoux,
Jeunes mères! Prions pour celle d'entre nous,
Qui de nos nouveaux-nés devient la protectrice!
De votre firmament bénissez-la, Seigneur!
Comblez de vos trois dons, —Santé, Joie et Bonheur,—
　　Sa Majesté l'Impératrice!

Sept jours avant la Pâque, au matin des Rameaux,

Avec un doux espoir elle souffrait nos maux,

Pour enfanter au monde un Envoyé des anges,

Un Prince impérial, que le peuple français

Appelait de ses vœux!... Le Pardon et la Paix

      Sont sortis de ses premiers langes!

Le Pardon et la Paix, ces deux bienfaits des cieux!...

L'un, rappelant d'exil tant de fronts soucieux,

Tant de cœurs éprouvés, criant : « Miséricorde! »

Et l'autre, ramenant nos soldats glorieux,

Nos canons fatigués, nos drapeaux orgueilleux,

      Sur la place de la Concorde!

Honneur soit à la Mère, et gloire à l'Empereur!

Ils ont voulu tous deux, dans un jour de splendeur,

Donner leurs noms bénis aux enfants du même âge

Que leur enfant d'amour, le Prince Impérial!...

Au nom d'eux tous, merci! C'est un lien moral

      Qui, dès le berceau, les engage!

Alors qu'ils seront grands, nos fils, nous leur dirons :

« Quand l'huile du Baptême a coulé sur vos fronts,

« Vous aviez pour parrain, vous aviez pour marraine,

« Louis-Napoléon, l'Empereur tout-puissant,

« Et sa douce compagne au cœur compatissant,

    « Le souverain, la souveraine !

« Avec un noble orgueil gardez ce souvenir !

« C'est un gage sacré d'intérêt, d'avenir ;

« C'est une adoption, dont il faut être digne !

« Par votre dévouement, votre fidélité,

« Vos talents, vos vertus et votre loyauté

    « Méritez ce bonheur insigne ! »

— Mère, comptez sur nous ! que Dieu, dans sa bonté,

Protége le trésor de Votre Majesté !

Ce trésor, c'est l'enfant qui commence à sourire,

Quand, sur son berceau d'or, de soie et de brocart,

Vous penchez votre front, votre touchant regard,

    Vos baisers parfumés de myrrhe !

TE DEUM

23 mars 1856, jour de Pâques

Gaston de Montheau

TE DEUM

C'est au jour où la France entière,

S'agenouillant dans le saint lieu,

S'unit dans la même prière

Pour louer et bénir son Dieu,

Que recueillant, l'âme attendrie,

Les vœux épars de la Patrie,

Le poëte, au fond de son cœur

En forme l'Hymne d'espérance,

Qu'il vient, humble écho de la France,
Déposer aux pieds du Seigneur !

Las d'errer au hasard, de végéter sans gloire,
De voir, dans les sillons de sa féconde histoire,
Pulluler des tribuns où germaient des héros,
Le peuple s'était dit : « La France dégénère;
« Il la faut grande et forte, honorée et prospère...
« Un Maître, et non vingt chefs; des Faits, et non des mots! »

Et le Maître à qui, confiante,
Elle a délégué son pouvoir,
Loin de faillir à son attente,
Prévient chaque jour son espoir !
Aux mots ont succédé les Choses;
Aux merveilles, à peine écloses,
Les merveilles viennent s'unir;...
Et, si haut que l'orgueil prétende,
A voir le Présent, on demande :
« Que peut donc être l'Avenir? »

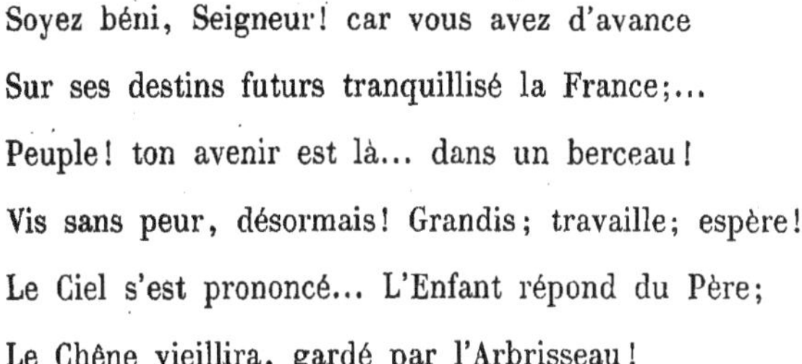

Soyez béni, Seigneur! car vous avez d'avance

Sur ses destins futurs tranquillisé la France;...

Peuple! ton avenir est là... dans un berceau!

Vis sans peur, désormais! Grandis; travaille; espère!

Le Ciel s'est prononcé... L'Enfant répond du Père;

Le Chêne vieillira, gardé par l'Arbrisseau!

Cloches des vieilles cathédrales,

Sonnez vos joyeux carillons;

Épandez vos voix matinales

Par les hameaux, par les vallons!

Riches, pauvres; — châteaux, chaumières,

Unissez vos cœurs, vos prières

Dans un chant d'amour et de paix;

Louez Dieu de cette naissance.....

Prier pour l'Enfant de la France,

C'est prier pour tous les Français!

Mais écoutez! — Parmi l'encens et les cantiques,

D'où montent vers le ciel ces accents séraphiques,

Si purs, que l'on croirait les mystiques concerts,

Qu'entendaient les pasteurs, cette nuit mémorable

Où, dans un pauvre enfant, au fond d'une humble étable,

Ils venaient adorer le Dieu de l'univers?.....

C'est bien aussi la voix des Anges;

C'est la voix des oiseaux sans nid,

Qui chante, en ce jour, les louanges

De Celle qui les recueillit!.....

La voix des enfants sans asile,

Qui bénissent, dans chaque ville,

La main qui leur a tout donné;.....

C'est la voix de leurs pauvres mères,

Adressant au ciel leurs prières

Pour la Mère du Nouveau-né!

Noble et touchant spectacle! Admirable symbole!.....

— Là, sous l'antique nef de notre métropole,

L'Esprit et le Pouvoir; la Force et la Splendeur!..... —

—Là, sous l'humble clocher du plus lointain village,

Le robuste Travail et le mâle Courage, —
Tous, pour un faible enfant implorant le Seigneur!

C'est que la tête rose et blonde,
Que ta Mère couve des yeux,
Répond de l'avenir du monde,
Héritier d'un nom glorieux!
C'est que ta naissance est l'augure
Qui, pour les peuples, inaugure
Une Ère de fraternité;
C'est que, dans leur précieux germe,
Ton fragile Berceau renferme
Les Destins de l'humanité!

NOTRE-DAME

AU PRINCE IMPÉRIAL

Mélanie Waldor

NOTRE-DAME

AU PRINCE IMPÉRIAL

Aujourd'hui, sur ton front, l'eau sainte du baptême
Te forme goutte à goutte un divin diadème!
Tous nos drapeaux émus, en te servant de dais,
Balancent dans leurs plis et la Gloire et la Paix;
Et l'on sent tressaillir la fière Basilique,
Contemplant sous sa voûte, au pied du Roi des Rois,
Rome, qui vient mêler sa voix avec nos voix,
Rome, qui te bénit de son souffle mystique,

Et se fait ta marraine à l'ombre du saint lieu,
Auguste Enfant, aimé de la France et de Dieu!

Dans les bras ravis de ton Père,
Et sous les regards du Seigneur,
Repose-toi, petite fleur,
Gracieux reflet de ta Mère !
Il manquait à tant de beauté
Une radieuse couronne,
Celle de la maternité;
Le ciel qui l'aime, la lui donne!

Entends la douce voix des petits orphelins,
Secourus et sauvés par ta pieuse mère;
Ils élèvent vers Dieu leurs innocentes mains,
Et mêlent vos deux noms à leur jeune prière.

O merci, disent-ils,
Dieu donne à notre mère

Le paradis sur terre,

Un bel enfant, un fils!

Le printemps le caresse

En caressant les fleurs;

A lui notre jeunesse,

A lui nos bras, nos cœurs!

Enfant d'un siècle de merveilles,

Dieu t'a fait naître avec la Paix,

Les nids, les roses, les abeilles!

En arrivant dans ton palais,

Les fiers représentants du monde

Ont apporté sur ton berceau,

Nouvelle arche flottant sur l'onde,

De l'olivier le vert rameau.

Cédant à tes élans sublimes,

Comme ton père, aux jours de deuil,

Tu viendras combler les abîmes;

Des cités franchissant le seuil,

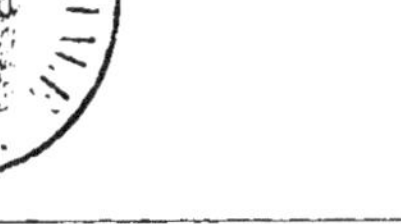

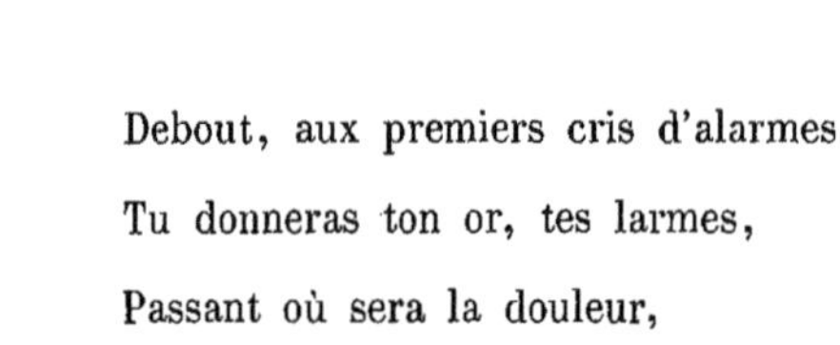

Debout, aux premiers cris d'alarmes,

Tu donneras ton or, tes larmes,

Passant où sera la douleur,

Comme l'Ange réparateur!

Regarde nos soldats à genoux sur la pierre,

La foi les a grandis sous le ciel d'Orient;

O mon Dieu! disent-ils, tout bas, en souriant,

Sous sa couronne un ange, au moment d'être mère,

Priait pour nous, mêlant ses pleurs à sa prière;

A nos mères en deuil elle tendait les bras;

Son âme nous suivait au milieu des combats!

A notre tour prions, prions ici pour elle.....

En regardant son fils, elle est encor plus belle!

Demandons au Seigneur, qui seul garde et défend,

De veiller sur la mère, en veillant sur l'enfant!

HOMMAGE

D'UN

SOLDAT DE L'ARMÉE DU NORD

A LEURS MAJESTÉS IMPÉRIALES

Ch. Dupuy

SERGENT-MAJOR AU 66ᵉ RÉGIMENT D'INFANTERIE

HOMMAGE

D'UN

SOLDAT DE L'ARMÉE DU NORD

A LEURS MAJESTÉS IMPÉRIALES

Cœli aperite januam.

Ouvre ton sanctuaire, antique Notre-Dame !
Que ton grand front noirci se couvre, en ce beau jour,
D'un rayon lumineux d'allégresse et d'amour !...
Du fils de l'Empereur on vient épurer l'âme...
Qu'un joyeux carillon tinte à ta double tour !
Prends ta robe de fête, et lève l'oriflamme.

Ton portique immortel a vu bien des grandeurs

Naître, vivre et mourir sous sa riche auréole ;

Le prêtre à ton autel a revêtu l'étole

Pour de brillants hymens, pour des fronts ceints de fleurs ;

Mais les fleurs, en tombant, ont perdu leur corolle ;

Et ta dalle a blanchi sous la joie et les pleurs.

Puisse ton saint parvis, paré pour cette fête,

Pour longtemps être exempt du deuil des grandes morts,

Et ces hymnes d'amour, ces généreux transports,

Conjurer à jamais les coups de la tempête,

Si le temps, en sa rage, après de longs efforts,

Vient à la déchaîner sur cette jeune tête !

Silence ! sur son front on fait couler l'eau sainte ;

Suspendez vos clameurs, Français, prosternez-vous !

Pour le nouveau Chrétien priez à deux genoux,

Afin que le Seigneur, qui garde cette enceinte,

Épanche dans ce cœur, vierge de toute atteinte,

Ses bienfaits les plus grands et ses dons les plus doux !

Oh! quelle ivresse noble et pure
Bouillonne au sein du vieux Paris,
Qui, fier de sa fraîche parure,
Voit partout ses temples fleuris!
Cet enfant, qu'un peuple accompagne
Au Baptême de tout chrétien,
Sera grand comme Charlemagne,
Sage et pieux comme Adrien!

Saluons sa douce venue!
Fils de France, soyez béni,
Puisque votre grâce ingénue
Au ciel rend son azur terni.
Que rien n'assombrisse et n'altère
Les premiers jours de vos printemps!
C'est le vœu fidèle et sincère
De vos sujets reconnaissants.

Dieu répandait sur notre France
Les flots de la calamité;

Les eaux frappaient dans leur démence
Les vices de l'humanité.
Partout la mort, partout l'abîme !...
Et, devant le fléau vengeur
Plus rien ! ! ! qu'une chose sublime...
Le dévoûment de l'Empereur !

Mais, comme la colombe blanche,
Qui dans son vol descend des cieux,
Et puis vers la terre se penche
Portant l'olivier précieux,
Un Enfant, que Dieu nous envoie,
Pour régénérer tous les cœurs,
Parmi nous ramène la joie
Au milieu des plus grands malheurs.

Il est doux pour la France en larmes
De voir enfin, à son réveil,
L'arc-en-ciel, terme des alarmes,
Gage d'un fécondant soleil.

Elle est fière, Prince, qu'elle aime,
D'illustrer pour vous l'avenir ;
Et pour elle votre Baptême
Ouvre l'Ère du souvenir.

Suivez l'exemple de vos pères ;
Aimez le peuple ; soyez bon !
Vos destins fleuriront prospères,
Sans nuage à leur horizon.
Grandissez sous le noble ombrage
Des lauriers de nos vieux drapeaux...
Ils instruiront votre jeune âge,
En protégeant votre repos !

LE BAPTÊME

DU

PRINCE IMPÉRIAL

INVOCATION

Martial Bretin

LE BAPTÊME

PRINCE IMPÉRIAL

Écoutez! des fêtes antiques
Se renouvellent les concerts;
L'airain des vieilles basiliques
Jette, planant sur des cantiques,
Toutes ses notes dans les airs.

L'encens fume, l'orgue s'apprête,
Le canon donne le signal ;
Car, s'entr'ouvrant sur notre tête,
Le ciel va faire la conquête
Du rejeton impérial.

Peuples, accourez sur sa voie,
Contemplez ses traits souverains;
Enveloppé de notre joie,
Au seuil du temple qu'il nous voie
Priant, des palmes dans nos mains.

Esprit vivifiant du monde,
Descends du céleste parvis :
A tes accents pour qu'il réponde,
Sur ton autel verse-lui l'onde,
Qui baigna le front de Clovis !

A nos chants ici viens te rendre ;
Ramène à nos yeux l'heureux jour
Où l'Éternel se fit entendre
Et murmura d'une voix tendre :
« Voilà le fils de mon amour ! »

Douce colombe aux blanches ailes,
Qui t'inclinas sur le Jourdain,
Couvre des clartés immortelles
L'Enfant qui, parmi tes fidèles,
Frappe aux portes de ton Éden !

A lui le grand peuple qui l'aime
En te l'apportant vient s'unir :
Dans le flot pur de son baptême,
Qui ne veut, se plongeant soi-même,
Sous ton souffle se rajeunir?

Un jour, pour guider sur sa trace
Les esprits groupés sous sa loi,
Il faut, vers toi tournant sa face,
Que sur le sien d'abord il place
Le diadème de ta foi.

Des temps promis il ouvre l'ère :
Vois, s'étendant pour le bénir,
La main, qui tient les clefs de Pierre,
Dans ces langes montre à la terre
Tous les trésors de l'avenir.

Éclos de la race féconde,
Que ta sagesse consacra,
De ta vertu, dont il s'inonde,
A son tour qu'il frappe le monde,
Et le monde lui répondra.

En l'adoptant, que ta main passe
Sa lèvre à ton charbon de feu ;
De ta force fais sa cuirasse,
Et sous ton ciel garde sa place,
Fixée entre la France et Dieu.

Dans son âme, énergique et sainte,
Mets la clémence des grands cœurs :
Qu'il jette, bon pour toute plainte,
Une espérance à toute crainte,
Comme un rayon sur tous les pleurs.

Du Droit infatigable apôtre,
Qu'il marche grand comme son nom,
Pour que, d'un bout du siècle à l'autre,
Un même élan réponde au nôtre,
Un même cri : Napoléon !

Il naît, et la Discorde expire.
Au bord d'un horizon plus pur,
Le calme, à son premier sourire,
Du ciel ressaisissant l'empire,
S'assied sur un trône d'azur.

Car l'Aigle apparaît dans sa gloire,
De la paix portant le rameau :
Sur ses feux éteints la Victoire
De son fils veut ouvrir l'histoire,
En l'attachant à son berceau.

Rameau sacré, plein de ta sève,
Que sous la fleur de son été,
Le monde épanoui se lève,
Et donne aux formes de son rêve
Leur splendide réalité.

Laissons mourir nos vieilles haines
Devant ce berceau triomphant :
De vos erreurs rompant les chaînes,
Hommes, quittez vos ombres vaines
Pour les rayons de cet enfant!

Dieu lui sourit, son doigt le touche;
Peuples et rois, brillante cour,
S'embrassent, penchés sur sa couche,
Joyeux d'entendre de sa bouche
Pour premier cri le mot d'Amour.

Bientòt, de toute intelligence,
De tout penser centre éclatant,
Il forgera, dans sa science,
Des faits laboratoire immense,
Ce progrès, que notre âge attend.

Puis, l'Art prodiguant ses merveilles,
Il en sèmera l'univers.
Charme divin de nos oreilles,
Le luth répandra sur ses veilles
L'enivrement de ses concerts.

Alors, voyant sa tâche bonne,
La Foi, la Gloire à son côté,
Diront : « Pour lui notre heure sonne,
« Sur son front posons la couronne
« De sa double immortalité! »

BAPTÊME

DU

PRINCE IMPÉRIAL

Ernestine Decarpentry

BAPTÊME

D U

PRINCE IMPÉRIAL

HOMMAGE A L'EMPEREUR

Nature, éveille-toi, plus belle et plus puissante;

Printemps, verse à foison tes plus suaves fleurs;

Soleil, répands tes flots de clarté bienfaisante,

Tes rayons les plus purs, tes plus riches splendeurs!

Hosanna! C'est le jour de sainte confiance,

De clémence infinie et de dons précieux;

Hosanna! c'est le jour de la grande alliance

De l'homme et du Très-Haut, de la terre et des cieux!

Toi, dont la voix nous dit : Adore,

Airain sacré, perce les airs ;

Que les sons du timbre sonore

Fassent tressaillir l'univers.

Déjà d'un terrestre mystère

Tu chantas l'instant solennel ;

Un prince naissait à la terre,

Une âme aujourd'hui naît au ciel.

Anges saints ! entonnez votre plus doux cantique,

Aux accents des mortels unissez votre voix ;

Entourez les piliers du sanctuaire antique,

Où l'homme prend la vie une seconde fois.

Jusqu'au parvis, formez un céleste cortége

A ce royal enfant, notre espérance à tous ;

Sur vos ailes portez ce berceau que protége,

Sous les traits d'une femme, un ange comme vous !

Cathédrale, ouvre tes portiques

Pour recevoir ce fils des Rois,

.Qui va, sous tes voûtes gothiques,
Se soumettre aux divines lois!
Il vient... les Saints à tête blanche
Le contemplent en souriant,
Et la Vierge des cieux se penche,
Croyant revoir Jésus enfant!

Le voici!... Près de lui marche la Bienfaisance;
Elle vient d'apaiser de profondes douleurs,
Et partout où des cœurs réclamaient sa présence,
D'affronter des périls et d'essuyer des pleurs!
Unie à la grandeur, à la gloire, au génie,
Sous sa puissante égide elle a voulu placer
Cet enfant des Césars, qui commence la vie
En suivant les sentiers qu'elle a su lui tracer!

Parcours toujours la même voie,
Bel astre, qui sur nous as lui;
Marche!... c'est un Dieu qui t'envoie,
Le Dieu qui t'adopte aujourd'hui!

Il t'appelle... et, divin mystère,
Lorsque, sur ton front gracieux,
S'épanche cette eau salutaire,
Il te marque une place aux cieux !

Enfant, suis cette route et si vaste et si belle,
Sois, ainsi que ton père, un prince généreux ;
La gloire la plus noble, et la seule réelle,
Est celle qui consiste à faire des heureux.
La palme du héros est souvent périssable ;
Le laurier se flétrit sur le front du vainqueur ;
Seul, il est par le temps toujours ineffaçable,
Le nom que les bienfaits ont gravé dans le cœur !

Mais silence !... la voix du prêtre
Dans les airs vibre gravement ;
Le ministre du divin Maître
Régénère le noble enfant ;
Puis, sur cette lèvre bénie
Il dépose le sel amer,

Symbole des maux de la vie,
Des écueils de l'immense mer!

Seigneur! de tous dangers gardez cette jeune âme,
Pour elle aplanissez les ronces du chemin!
Et toi, Pontife saint, dont la bouche réclame
Pour ce berceau si frêle un appui tout divin,
Que ta parole austère, et toujours efficace,
Porte notre prière aux pieds du Créateur,
Afin que cette fleur, qui s'entr'ouvre à la Grâce,
S'entr'ouvre en même temps au soleil du bonheur!!!

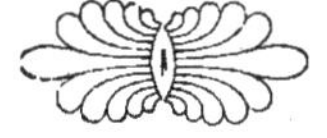

L'ÈRE IMPÉRIALE

Edouard Bouscatel

A LL. MM. L'EMPEREUR ET L'IMPÉRATRICE

L'ÈRE IMPÉRIALE

His ego nec metas rerum, nec tempora pono,
Imperium sine fine dedi. . . .

VIRGILE. *Æn.*

I

L'éclair a brillé dans la nue ;

Et, par un ciel calme et serein,

Les foudres ont grondé, la terre s'est émue,

Et sur une foule éperdue

A tonné le canon d'airain.

Comme aux jours du règne héroïque,
Les cloches de la basilique,
Balançant dans les airs leur sublime cantique,
D'échos en échos ont jeté
Un nom, par cent voix répété...

Et, du séjour du tonnerre
Descendant libre, radieux,
L'Aigle a déserté les cieux,
Et s'est abattu sur la terre!

Soudain, le monde a retenti...
Ainsi que d'une mer qui gronde
S'élance une clameur profonde,
Un cri des peuples est parti!

Quel est Celui, dont la venue
Ébranle et la terre et la nue,
Et qui s'annonce en souverain?

Est-ce un Dieu, fils du ciel lui-même,
Qui, des hauteurs du rang suprême,
Vient racheter le genre humain?

Pourquoi dans les temples la foule,
Sans cesse, comme un flot qui roule,
Va-t-elle répandre son cœur?

Les mains se pressent, les visages
Ont, comme des cieux sans nuages,
Des rayonnements de bonheur!

De la base jusques au faîte,
Les maisons en habits de fête
Jettent de fulgurants reflets.

Ivre d'amour et d'allégresse,
Le peuple se mêle et se presse,
Assiégeant le seuil d'un palais!

Oh! oui, réjouis-toi, peuple, et toi, prends ta lyre,

Poëte, de fleurs couronné :

Aujourd'hui le ciel a donné

Une épée à la France, une gloire à l'Empire,

A l'Empereur un nouveau-né !...

II

Noël! noël! un enfant vient de naître!

Noël! noël! cris de joie, éclatez!

Un nouveau signe au ciel vient d'apparaître...

Peuples, chantez!

C'est un Napoléon! c'est le Fils de la France!

Son nom, gloire du siècle, a dépassé tout nom!

L'avenir le salue et l'appelle Espérance,

Rome en eût fait l'orgueil de son vieux Panthéon!

Il signifie honneur, et grandeur, et courage;

Deux fois il a sauvé la Patrie en péril;

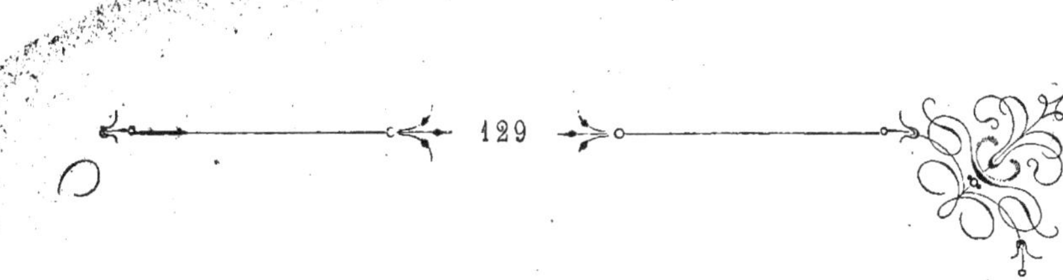

C'est l'astre radieux qui, balayant l'orage,
Ramène les beaux jours après un long exil !

Héritier de ce nom, flamboyante couronne,
Un Enfant, doux Messie, est venu parmi nous :
C'est un Français de plus ! Placé plus près du trône,
Il en fera tomber plus de bienfaits sur tous !
Il entre dans la vie en héros pacifique,
Annonçant à la terre un avenir nouveau;
Et, comme aux jours lointains d'un âge symbolique,
La Paix, rameau puissant, fleurit dans un berceau !

Des signes éclatants marquèrent sa venue !
Pour lui faire un pavois, nos généreux guerriers
Allaient cueillir la mort, et, du haut de la nue,
L'Aigle sur cet Enfant effeuillait leurs lauriers !...
Il naquit au milieu des clameurs de victoire !
Sa Mère, en le portant, a vu nos étendards,
Tout fiers de leurs lambeaux, et frissonnant de gloire,
Saluer, en passant, l'héritier des Césars !

O toi qui l'as bercé dans l'aire paternelle,

Mère, réjouis-toi : ton aiglon est éclos !

Un jour, il couvrira le monde de son aile,

Calme dans la tempête, et grand dans le repos !

Son front n'est couronné que de son innocence ;

L'avenir est caché sous son rire vermeil ;

Ce n'est que la candeur... demain, c'est la puissance ;

Aujourd'hui le rayon, mais demain le soleil !...

Noël ! noël ! un enfant vient de naître !

Noël ! noël ! cris de joie, éclatez !

Un nouveau signe au ciel vient d'apparaître :

Peuples, chantez !

III

Le Destin a promis la durée à l'Empire ;

Il affermit dans un enfant

L'avenir de la Race, et la France respire

A l'abri d'un nom triomphant !

O toi, qui vis grandir les souverains de Rome,
Astre de Jules, tu pâlis,
Tu t'effaces devant ce nouveau Fils de l'Homme,
Rayon du soleil d'Austerlitz!

L'éternité n'est plus au front des sept collines!
Transfuges des Césars,
Les aigles sont venus du pays des Sabines
Guider nos étendards!

Ils ont, découronnant le front du Capitole,
Et du Panthéon,
Revêtu de puissance et ceint d'une auréole
Un Napoléon!

Les Victoires, quinze ans, suivirent ses armées,
Et l'adoptant, on vit les grandes Renommées,
Trompettes en main,

Buriner en traits d'or son nom sur leurs annales,
Conduire ses soldats, et de vingt capitales
    Ouvrir les chemins!

Il fut roi de par lui, grand de par son épée :
Il dépassa Cyrus, Alexandre, Pompée,
    Tout rêve et toute ambition;

Astre de tout un peuple, il a refait le monde :
Et sa pensée, ardent foyer, lueur profonde,
    A résumé sa nation!

Il fit, défit les rois; prit, donna des couronnes;
Son trône s'appuyait sur un amas de trônes,
    Et quand le géant chancela,

L'univers tout entier, entraîné dans sa chute,
S'affaissant, comme Atlas écrasé dans la lutte,
    L'univers tout entier trembla!

IV

Quand il a parcouru sa brillante carrière,

Et que, sur la nature épanchant sa lumière,

Il a tout échauffé de ses féconds rayons,

Semé la pourpre et l'or où gisaient des haillons,

Le soleil, Dieu puissant, éternel météore,

Dont l'univers est plein, que l'univers adore,

Dépouillant son éclat, affaiblissant ses feux,

Derrière les grands monts se cache sous les cieux.

De reflets adoucis il éclaire sa trace,

Et laisse dans les airs, d'où sa splendeur s'efface,

Quelque chose de chaud, de pur et de vermeil,

Présage de retour et d'un prochain réveil!

V

Ainsi naguère, aux jours où sur notre patrie

Soufflait des factions une haleine flétrie,

La France, dans son deuil, implora le Seigneur,

Qui d'un nom glorieux fit germer un sauveur!

D'un bras fort refoulant la vague fratricide,

Il nous abrita tous sous une sainte égide,

Bravant écueils et flots, et ramenant au port

Un peuple naufragé, qui s'éloignait du bord...

Pour le salut de tous luttant seul contre l'onde,

Il marcha sur la mer en tempêtes féconde,

Tandis que les marins, éperdus, à genoux,

Criaient, levant les mains : « O Prince, sauvez-nous! »

Telle, au temps de miracle où, conduits par Moïse,

Les enfants d'Israël vers la terre promise

Marchaient dans le désert... la Colonne de feu

Brillait, phare allumé par le souffle de Dieu!...

VI

Mais quelle suave harmonie

A retenti sur d'autres bords,

Et, parmi de pieux transports,

Nous jette le nom d'Eugénie!

D'Espagne, où rit la fleur, où la nue est d'azur,

Descendante du Cid et fille de Pélage,

Une reine est venue, au front suave et pur,

Apportant les vertus, les grâces d'un autre âge!!

Soudain, ainsi qu'aux jours lointains des ménestrels,

Sur la harpe et le luth aux modes immortels,

A vibré son doux nom, étoile de nos fêtes...

Sous ses rayons sacrés les souffrances muettes,

Pauvres fleurs sans parfum, ont relevé leur front

Que ployait le malheur, impitoyable affront...

Chaque jour la Prière a rencontré l'Aumône,

Ministre bienveillant, sur les marches du trône :

Point de cri sans écho! Tout deuil, toute douleur,

Près d'Elle a son refuge et va troubler son cœur!

Tous les infortunés savent quelle est ta Mère,

Enfant! et ses bienfaits, qui cherchent le mystère,

Font grandir autour d'Elle un si puissant amour,

Que le ciel est jaloux de la terre à son tour!...

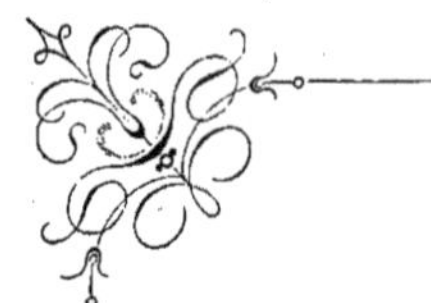

VII

Le passé, le présent, tout âge,

Aujourd'hui, demain, comme hier,

Sont un livre, dont chaque page

S'éparpille, en butte à l'outrage,

Comme à l'amour du monde entier!

Et chacun n'a pour se défendre

Devant les arrêts du destin,

Qu'un nom, que l'oubli peut reprendre,

Et tout ce qu'on a pu répandre

De son cœur, le long du chemin!

Environné d'amour, gravé dans la mémoire,

Ton nom rayonne sous les cieux;

Il emplit de rayons les feuillets de l'Histoire;

Il s'est fait, en vingt ans, tout un passé de gloire;

Il est, à lui seul, ses aïeux!

Aussi, la France, en deuil de sa splendeur détruite,

D'un foyer mal éteint ressuscitant le feu,

Alla chercher, un jour, la grande ombre proscrite,

    Et d'une cendre fit un Dieu!

A la colonne veuve on rendit sa statue!

Le peuple, enfin, parla... si haut, que cette voix

Arracha de l'exil la race disparue,

    Et la remit sur le pavois!

VIII

O Dieu, qui tiens les destinées

De tous les peuples dans ta main;

O toi, qui sèmes les années,

Et sais ce que garde demain;

Seigneur, qui protéges la France,

Sur cet Enfant, douce innocence,

Frêle tige, notre espérance,
Veille, Seigneur, avec un saint amour!

De ce berceau, barque fragile,
Où dort, sur la vague mobile,
Un nouveau-né, tendre et débile,
Il peut sortir quelque Moïse un jour!

Ce regard, qui ne rit qu'aux Anges,
Renferme peut-être un éclair;
Ce bras, environné de langes,
Peut-être agitera dans l'air
La forte et glorieuse épée,
Qui burina notre épopée
Du bout flamboyant de son fer!

Ce front est peut-être un abîme
Où se façonne grand, sublime,
Un siècle de héros-géants!

Qui sait si, dans cette pensée
Ne bout pas la lave, amassée
Au fond des cratères béants?

S'il n'en doit pas, un jour, éclore
Quelque chose de surhumain,
Et si cette naissante aurore
N'est pas le soleil de demain?

Glorieux rejeton d'une race féconde,
Il peut, à nos regards surpris,
Dans Paris enfermer, vassal géant, le Monde,
Et sur lui répandre Paris.

Arrangeant à son front trop large une couronne,
Peut-être qu'un jour, cette main
Des trônes écroulés ne fera qu'un seul trône,
Et qu'un peuple du genre humain!

Peut-être que Moscou, Vienne, Milan et Rome,
Et Constantinople, et Berlin,
Viendront, une fois l'an, rendre hommage à cet homme,
Maître, à son tour, de leur destin !

Peut-être... Mais vous seul savez ce que *peut-être*
Recèle de mystérieux ;
Ce qu'il en doit germer et ce qu'il en doit naître
Est encor caché dans vos cieux !

Vous seul savez, Seigneur, si ce fils de la terre,
Dédaignant un sanglant laurier,
A l'ombre d'un règne prospère,
Ne fera pas germer le fécond olivier !

Si ce rêve sublime, où le héros se berce,
D'englober, un jour, l'univers,
De conjurer les coups de la fortune adverse,
D'étonner vingt peuples divers ;

Il ne l'atteindra pas plus grand, plus magnifique,
Par le commerce et par les arts;
Et s'il n'a projeté quelque règne magique,
Ère nouvelle des Césars?

Aux princes vous donnez l'empire
Et les rêves réalisés :
Mais nul que vous ne saurait lire,
Seigneur, au livre où vous lisez!

Qu'il règne donc, ce Fils de France!
Mais que son trône ait des échos
Pour tout appel, toute souffrance;
Qu'il console et soit l'Espérance,
Baume qui calme tant de maux!

De Dieu ressuscitant l'image,
Qu'il fasse adorer le nuage

Qui sépare un Roi des mortels !
Qu'il ait la Sagesse et l'Audace,
Double apanage de sa race,
Et qui fait les noms immortels !

Chassez loin de lui la tempête...
Mais si la foudre sur sa tête
Grondait, jamais, avec fureur...
Qu'il la brave, plein d'assurance !
Soudain, se lèverait la France,
Au cri de vive l'Empereur !

TABLE

Nativité. 1

Napoléon IV 11

Le fils de l'empire. 25

Jam nova progenies cœlo demittitur alto. 35

XVI mars MDCCCLVI 43

Le berceau impérial. 51

Adresse a S. M. l'impératrice. 57

Le prince impérial et la paix 63

Paque fleurie. 73

Les jeunes mères du 16 mars. 79

Te deum. 85

Notre-dame au prince impérial. 93

Hommage d'un soldat de l'armée du nord . . . 99

Le baptême du prince impérial. 107

Baptême du prince impérial 115

L'ère impériale. 123

9 782019 679743